Les fées distribuent les tâches.

Sofia, Hildegard et Khalid lavent, empilent et rangent.

Jin et James posent des banderoles partout.

Cleo et Jun s’occupent du goûter.
Ambre et Maya se chargent des
plantes et du balai.

Ensuite, les enfants
s'exercent pour le spectacle.
Ils revoient les pas de danse.
Ils relisent les poèmes.

Ils chantent et écoutent les chansons.
Ils veulent que tout soit parfait.

Enfin, chaque enfant choisit
sa plus belle œuvre.
« Voici Cédric, le sorcier royal! »
dit James.

« Un jour, en faisant de la magie,
il s'est changé en champignon ! »
Sofia choisit une tapisserie.
Ambre ne sait pas quoi exposer.

Ambre regarde tous ses tableaux.
Enfin, elle en trouve un qui lui plaît.
Elle espère qu'il plaira aussi à
papa et à maman !

Ambre sort. Sofia aperçoit
des pots de peinture.
« Veux-tu m'aider à les ranger ? »
demande-t-elle à James.

James ramasse les pots.
Ils glissent entre ses doigts.
« Oh, oh ! Il y a de la
peinture partout ! »
s'exclame James.

« Ambre va être en colère contre moi ! » dit James.
Sofia et James essaient d'enlever la peinture.

Ils empirent la situation !
Le tableau est ruiné.
« Il ne faut pas qu'Ambre le sache ! »
ajoute James.

« Je vais accrocher un autre tableau », dit James.
« Ça ne fonctionnera pas, dit Sofia, Ambre a choisi ce tableau pour maman et papa. »

James trouve une toile.
Il reproduit le tableau qu'il a ruiné.
Le résultat est horrible !

James veut encore réparer son erreur.
Il ouvre grand les fenêtres.

« Je dirai que le vent a fait tomber le tableau », dit-il.
« Pourquoi ne pas dire la vérité? » demande Sofia.

« Dire la vérité à propos de quoi ? »
s'écrie Ambre.
Elle regarde Sofia et James.
Elle voit son tableau ruiné.

« Je m'excuse, dit James.
C'est un accident ! »
« Que vais-je montrer à maman et à papa ? crie Ambre. C'était mon plus beau tableau ! »

Sofia a une idée.
Elle la partage avec Ambre.
« Crois-tu que ça plaira à nos parents ? » demande Ambre.
« Ça leur plaira énormément ! » dit Sofia.

Ambre se met au travail, loin des regards. Elle veut faire la surprise au roi Roland et à la reine Miranda.

Sofia et James donnent
un coup de main à Ambre.

Enfin, le tableau est terminé !

Flora, Pâquerette et Pimprenelle accueillent tout le monde .

Ensuite, les enfants donnent leur spectacle.

Puis, c'est la visite des classes.
Le roi Roland voit la statue de James.
« Regardez, c'est Cédric ! dit le roi.
Je le reconnaîtrais entre mille ! »

Le roi et la reine admirent
la tapisserie de Sofia.

Enfin, ils arrivent devant le tableau d'Ambre. Ils le trouvent magnifique! « Notre premier portrait de famille! » s'exclame la reine.

Le roi et la reine accrochent le tableau d'Ambre à un endroit spécial. Tout le monde est d'accord, car, c'est son plus beau tableau !